KB265242

아름다운 러시아 시모음

얼마나 행복한가

뿌쉬낀 외 지음 / 류필하 옮김

소담출판사

류필하

고려대학교 노어노문학과를 졸업한 후 모스크바 뿌쉬낀 대학에서 문학 석사학위를 받았고, 현재 뻬쩨르부르그 국립대학에서 박사과정 수학중이다. 저서로는 『러시아 생활 가이드(안정범과 공저, 동아일보사)』가 있고, 역서로는 『다락이 있는 집(체홉 단편집, 소담)』 『사랑의 문법(부닌 단편집, 소담)』 『메아리(유리나 기빈, 소담)』 『도난당한 꿈(마리니나, 중앙M&B)』 『일곱번째 희생자(마리니나, 문학세계사)』 『코(고골)』 등이 있다.

BESTSELLER WORLDBOOK 68

얼마나 행복한가 아름다운 러시아 시모음

펴낸날 | 2001년 1월 5일 초판 1쇄
지은이 | 뿌쉬낀 외
옮긴이 | 류필하
펴낸이 | 이태권
펴낸곳 | 소담출판사
　　　　서울시 성북구 성북동 178-2 (우)136-020
　　　　전화 | 745-8566~7　팩스 | 747-3238
　　　　e-mail | sodam@dreamsodam.co.kr
　　　　등록번호 | 제2-42호(1979년 11월 14일)
기　획 | 박지근 이진숙
편　집 | 조희승 김윤경, 최정선 김지영, 김혜선 김묘성 강문원
미　술 | 박준철 김학수 김영순 김민정
영　업 | 홍순형 박종천 이상혁 안경찬
관　리 | 최종만 구영구 박성건 양효숙 김미순

ISBN 89-7381-397-8　03890
● 책 가격은 뒤표지에 있습니다.

РУССКАЯ ПЕСНЯ

А.С.Пушкин

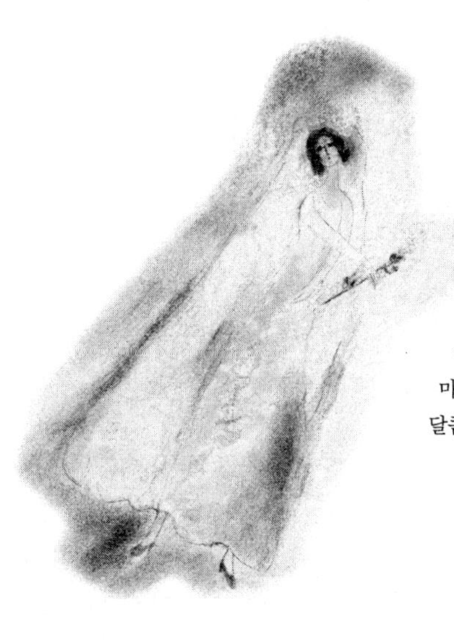

떠나가는 가을의 마지막 꽃은
첫봄의 화려한 꽃보다 사랑스럽다
그것들은 우리들의 마음속에
슬픈 생각들을 더욱 생생히 불러일으킨다
마치 가끔 이별의 시간이
달콤한 만남을 더욱 생기있게 하듯!

| 차 례 |

알렉산드르 세르게예비치 뿌쉬낀

Александр Сергеевич Пушкин

그루진 언덕 위에

그루진 언덕 위에 밤의 어둠이 누워 있다

내 앞에는 아라그바 강물이 흐른다

나는 우울하고 편안하다

나의 슬픔은 빛난다

나의 슬픔은 너로 가득하다

너로, 하나뿐인 너로……

그 어느 것도 나의 슬픔을 방해하지 않는다

심장은 다시금 불타오른다

그리고 사랑한다

내 심장은 사랑하지 않을 수 없으므로

떠나가는 가을의 마지막 꽃은

떠나가는 가을의 마지막 꽃은
첫봄의 화려한 꽃보다 사랑스럽다
그것들은 우리들의 마음속에
슬픈 생각들을 더욱 생생히 불러일으킨다
마치 가끔 이별의 시간이
달콤한 만남을 더욱 생기있게 하듯

너와 당신

공허한 '당신' 이라는 말을 진심 어린 '너' 라는 말로

그녀는 우연히 바꾸어 버렸다

그리곤 사랑에 빠진 마음속에

그녀는 온갖 행복한 상상들을 불러일으켰다

그녀 앞에 말없이 선 나는

그녀에게서 눈을 뗄 힘이 없다

나는 그녀에게 말한다

"당신은 정말 아름답군요!"

그리곤 생각한다

'내가 너를 얼마나 사랑하는지!'

나는 당신을 사랑했습니다

나는 당신을 사랑했습니다
그리고 아직도 사랑은
내 마음속에서 완전히 꺼지지 않았나 봅니다
그러나 내 사랑이
더 이상 당신을 괴롭게 하지는 않겠습니다
나는 당신을 조금도 슬프게 하고 싶지 않습니다
나는 당신을 사랑했습니다
말없이, 바람도 없이
소심함과 질투심에 괴로워하며
나는 당신을 사랑했습니다
이렇게 진정으로, 이렇게 부드럽게
신이 당신에게 타인을 사랑하게 하신 것처럼

네게 나의 이름은 무엇인가

네게 나의 이름은 무엇인가
그것은 죽어 가리라
먼 바닷가 철썩이는 파도의 슬픈 울음처럼
귀먹은 숲속 밤의 정적처럼

그것은 방명록 속에나 남으리라
해득할 수 없는 언어로 씌어진
묘석의 비문처럼
무의미한 흔적으로

새롭고 분방한 격정 속에 오래전 잊혀진 이름
그 속에 무엇이 있는가
그것은 네 영혼 속에
깨끗하고 부드러운 기억을 남기지는 않으리

그러나 슬픔의 날, 정적 속에서
그리워하며 내 이름을 불러다오
나를 기억한다고 말해다오
이 세상에 내가 살아 숨쉬는 가슴이 있다고

밤

어둔 밤
늦은 침묵을 깨뜨리는 너를 위한 나의 목소리는
부드럽고 지쳐 있다
내 침대 옆, 슬픈 촛불은 타오른다
내 시와 섞여 흘러내리며
사랑의 강물이 흐른다. 너로 가득 차 흐른다
내 앞에선 네 눈동자가 어둠 속에 빛난다
내게 미소짓는다. 그리고 난 듣는다
내 친구, 내 부드러운 연인…… 사랑해요……
난 당신의 것…… 당신의 여인……

안나 뻬뜨로브나 께른

나는 기적의 순간을 기억한다
찰나의 환영처럼
깨끗한 아름다움의 화신처럼
내 앞에 네가 나타났던 때를

바람없는 우울한 괴로움 속에
소란한 삶의 불안 속에 있는 나에게
오랫동안 너의 부드러운 목소리가 들렸고,
사랑스런 모습이 꿈에 보였다

세월이 흘러 격렬한 단절의 바람이
과거의 공상을 흩어 버렸고,
나는 너의 부드러운 목소리와
천상의 아름다움을 잊었다

유배의 귀먹은 시간
나의 날들은 힘없이 이어졌다
찬양의 대상도, 창작의 힘도
눈물도, 삶도, 사랑도 없이

돌연 영혼의 각성이 일어났다
찰나의 환영처럼
깨끗한 아름다움의 화신처럼
이렇게 여기 네가 다시 나타났다

심장은 환희 속에 요동 치고
가슴을 위해
찬송의 대상, 창작의 영감,
삶, 눈물, 사랑이 다시금 부활한다

핏속에선 갈망의 등불이

핏속에선 갈망의 등불이 타오른다

내 마음은 너로 가득하다

내게 입맞추어라

너의 입맞춤은 감람수보다, 와인보다 달콤하다

이제 내게 부드러운 머리를 숙이고

괴로움없이 잠들어라

유쾌한 낮이 숨쉬는 동안

밤의 그늘이 움직인다

알렉산드로 세르게예비치 뿌쉬낀 : 1799~1837

알렉산드로 세르게예비치 뿌쉬낀은 러시아의 위대한 민족시인이며, 새로운 러시아 문학의 창시자이며, 현대 러시아 문학어의 창시자이다.

세계 문학의 역사에 있어 뿌쉬낀은 방대한 양의 시 저작자로 유명하다. 그의 유명한 서사시로는 「루슬란과 류드밀라」, 「까프까즈의 포로」, 「바흐찌사라이 분수」, 「집사들」, 「청동기마상」 등등이 있다. 그리고 뿌쉬낀은 러시아 최초의 리얼리즘적 운문체 소설인 『예브게니 오네긴』의 저자이기도 하다. 그의 산문으로는 『벨낀 이야기』, 『대위의 딸』, 『스페이드의 여왕』 등이 있다.

뿌쉬낀의 서정시는 다양하고 방대한 양으로 특징 지을 수 있다. 시인은 조국에 대한 사랑과 사회의 삶에 대한 예지에 대해 썼고, 러시아 민중을 자랑스럽게 여겼다. 또한 시인은 자연의 아름다움을 노래했고, 우정과 사랑을 노래하기도 했다.

뿌쉬낀은 진정한 휴머니스트이다. 그는 사회적 상황으로부터 독립된 인간의 개성과 가치에 대해 깊은 존중을 품고 있었다. 뿌쉬낀의 시 속에는 사랑이, 특히 삶에 대한 사랑과 인간의 행복과 시인의 도덕적인 이데아에 대한 시인의 생각이 잘 구상화되어 나타난다.

뿌쉬낀의 시 속에 나타나는 사랑은 아름답고 고양된 감정이며, 하늘이 인간에게 내린 축복과도 같은 것이다. 사랑은 그에게 힘을 주며 존재의 기쁨과 삶의 충만한 감각을 부여한다. 뿌쉬낀에 있어 사랑은 심지어 소중한 사람의 가슴속에 어떤 대답이 없을 때조차 아름답다. 사랑은 인간에게 기쁨과 환희만을 가져오지는 않는다. 사랑은 종종 질투의 고통과, 슬픔, 상실의 고통, 그리고 심지어는 연인의 죽음이라는 아픔을 가져다주기도 한다. 뿌쉬낀은 사랑의 이런 비극적 측면에 대해서도 노래한다. 하지만 여기서는, 그의 다른 모든 작품들에서와 마찬가지로 그의 작품에 지배적으로 나타나는 "찬란한 슬픔"이 주로 나타난다. 그는 우울이나 페시미즘과는 거리가 멀다. 그의 가슴은 '다시금 불타오른다, 사랑한다' 그의 '심장은 사랑하지 않을 수 없으므로'.

알렉세이 바실리예비치 깔쪼프

Алексей Васильевич Кольцов

노래

널 만나거나
널 볼 때
내 가슴속에 일어나는
이 떨림, 이 불꽃은 무엇인가?

내 마음속을 들여다보면
나는 타오르고, 떨고 있지만
네 앞에 선 나는
아무 느낌 없이 말이 없다!

만일 나에게 무엇이든 말을 걸어온다면
난 너의 말에 대해,
너의 인사에 대해
뭐라 말해야 할지 말을 찾지 못한다

너의 입맞춤에 대해서는,
생생한 떨림에 대해서는
지상에서, 사람들에게서
적당한 표현을 찾을 수 없다!

여인, 내 영혼의 기쁨,
이것은 삶이다, 우리는 살아간다!
난 내 삶에서
다른 삶은 원치 않는다!

내게로 오라

내게로 오라, 가벼운 바람이
스치듯 숲을 가벼이 흔들 때,
잔디밭 초원, 온 세계가
꿈결의 융단으로 옷을 갈아입을 때

내게로 오라, 달이
구름에서 구름으로 모습을 감출 때
또는 깨끗한 하늘에서 달이
강물을 금빛으로 화려하게 물들일 때

내게로 오라, 내가 온통
사랑스런 생각에 잠겨 있을 때,
아름다운 널
조바심 내며 기다리고 있을 때

내게로 오라, 사랑이
불타는 환희를 만들어낼 때
내 젊은 피가
끓어오르고, 요동칠 때

내게로 오라, 나는 너와 단둘이
인생을 느끼고 싶다
너의 젊은 가슴으로
내 모든 열정을 안기우고 싶다

내게로 오라, 나는 너와 단둘이
인생을 느끼고 싶다
너의 젊은 가슴으로

오, 정열의 미소를 보이지 말아 줘

오, 정열의 미소를 보이지 말아 줘!

부질없는 희망으로 날 괴롭히지 말아 줘

부탁이야, 그렇게 부드럽게 바라보지 마

나와는 이야기도 하지 마

좀더 불만스러운 듯

냉정하고 차갑게 대해 줘

마치 원수를 대하듯 나를 무시해 줘!

말할 때는 화난 듯 입을 꾹 다물고

나와는 만나지도 말아 줘

아, 너는 어쩌면 그런 거짓으로 나를 차갑게 만들 수 있을지도 모른다

그리고 다행스럽게도, 행복을 앗아갈 수 있을지도 모른다!

러시아의 노래 1

- 눈동자 -

너의 검은 눈동자가
나를 파멸의 길로 인도했다
네 눈에선 천상의 불꽃이
태양보다 더 환하게 빛난다!

냉엄해지세요, 눈동자여
내게 차가워져라
눈동자는 당신의 기쁨
내 것이 아니다, 나의 것이 아닙니다……

나를 그렇게 바라보지 마세요
오, 나를 괴롭히지 말아요
당신에게선 소나기보다 더 무서운
사랑의 불꽃이 번쩍입니다

아닙니다. 바라보세요, 눈동자여!
눈동자여! 불타오르세요
천상의 불꽃으로
나의 가슴을 불태우세요!

탐욕스런 사랑으로 괴롭혀 주세요
나는 불길 속에서 탑니다
나는 끝없이 다시 태어나고
또 죽기를 원합니다

검은 눈동자여
당신과 사랑으로 만나고 싶어
그리고 또 다시, 다시 한번
불타오르고, 괴로워하기 위해

러시아의 노래 · 2

낮보다, 불빛보다 더 뜨겁게
나는 그를 사랑했다
다른 이들은
결코 할 수 없는 사랑을!

단지 그와 단둘로만
나는 세상을 살았다
나는 그에게 내 영혼을,
삶을 주었다!

내가 벗을 기다릴 때
밤은 무엇이고, 달은 무슨 소용인가
창백하고, 차가워진 나는
심장이 잦아들고 몸이 떨린다!

여기, 그가 온다, 노래한다
"너는 어디에, 나의 노을!"
여기, 그는 손잡고
내게 입맞춘다!

"사랑스런 벗이여,
너의 입맞춤의 불을 꺼라!
그리하지 않는다면
불꽃은 핏속으로 타오르리

그러지 않는다면
붉은 빛은 뺨을 불태우고,
가슴은 요동쳐
뜨겁게 끓어오르리!

그리고 눈동자는
반짝이는 별빛으로 빛난다!"
나는 그를 위해 살았다
나는 온 마음으로 사랑했다

러시아의 노래 · 3

누구에게도 말하지 않으리라
무엇 때문에 내가 봄이 와도
들판에서도, 풀밭에서도
꽃을 따모으지 않는지

그 봄은 멀리 있고
내가 화관을 만들었던
그 꽃들은
시들었다

우리가 사랑으로 불탔던
불꽃으로 타올랐던
그런 날들은 없다
화살처럼 날아가 버렸다

이미 모두 오래전에 흘러가 버렸다
거꾸로 되돌릴 수는 없는 일
그런데 도대체 무엇을 위해
내가 꽃들을 꺾을 것인가?

누구와도 말하지 않으리라
왜 내 가슴은
이토록 무겁고,
화난 슬픔이 밀려드는지……

알렉세이 바실리예비치 깔쪼프 : 1809~1842

깔쪼프는 러시아 민중 출신으로 러시아 문화의 진보적인 역할을 한 선진적인 사람들 가운데서 중요한 인물로 꼽히는 재능 있는 사람이다.

깔쪼프의 작품에는 러시아 농민들과 그들의 사랑, 갈망, 기쁨, 환희가 반영되어 있다. 깔쪼프의 시는 '노래, 사색시, 서정시' 이렇게 세 개의 장르로 크게 나뉘어지는데, 그 중 가장 뛰어난 부분은 '노래' 이다. 깔쪼프는 이 장르에서 민중 구비문학의 높은 전통을 표현한다. 또한 그의 서정시에서는 친숙하고 개인적인 테마가 중요한 위치를 점유한다. 이 시들의 사실적인 근원은 깔쪼프의 노부처녀 두냐샤를 향한 사랑이다. 그러나 신분의 차이를 이유로 아들의 결혼을 반대한 깔쪼프의 아버지는, 사랑에 빠진 아들을 구하기 위해 자신 소유의 농노의 딸인 16살짜리 두냐샤를 먼 지방의 영주에게 팔고, 억지로 다른 사람과 결혼시켜 버렸다. 얼마 지나지 않아 깔쪼프에게는 그 모든 일을 견뎌낼 수 없었던 두냐샤의 죽음에 대한 소식이 전해졌다. 깔쪼프는 매우 괴로워했으며, 이 쓰라린 흔적은 그의 영혼에 영원히 남아 있었다. 이것이 바로 그의 시에 자주 나타나는 불행한 사랑의 모티브이다. 깔쪼프에게 있어서 여성은 보통 모성의 희생이나 사회적 불평등의 모습으로 나타난다. 자신의 시에서 시인은 사랑을, 놀랍도록 아름답고 부드럽고 찬란한 인간의 감정으로 표현하며 그의 주인공들은 가슴으로 사랑한다. 시인의 기억에서 사랑은 가장 자유롭고 고양된 감정이며, 커다란 둘의 사랑은 인간을 강하게 하고 삶의 모든 문제들과 싸우게 한다. 남성적인 슬픔, 격앙된 감정, 표현력 등은 깔쪼프의 시와 구비문학을 연결시킨다.

표도르 이바노비치 쮸체프

Фёдор Иванович Тютчев

나는 기억한다

나는 기억한다. 오늘은 내게 있어
내 생애의 아침이었다.
그녀는 내 앞에 말 없이 서 있었다
그녀의 가슴은 흥분으로 끓어올랐고,
뺨은 노을처럼 붉어졌다.
모든 것이 점점 더 뜨겁게, 붉게 타오르면서!
그리곤 갑자기, 젊은 태양처럼
황금빛 사랑의 고백이
그녀의 가슴속에서 튀어나왔다……
그리고 난 새로운 세계를 보았다!

나는 그 눈동자를 알고 있었다

나는 그 눈동자를 알고 있었다. 오, 그 눈동자!
내가 얼마나 그 눈을 사랑했었는지 신은 알고 있다!
나는 그 요술 같은 정열의 밤에서
내 마음을 뗄 수 없었다

삶을 마지막까지 알아내고야 마는
그 이해할 수 없는 시선 속에
얼마나 커다란 슬픔의 소리가 들리고
얼마나 깊은 열정의 심연이 있는지!

슬프고 깊은 눈동자는
짙은 속눈썹 그늘 아래 숨쉬었다
지친 눈이 마치 달콤한 휴식을 취하듯
비운의 눈이 마치 고통을 당하듯

난 그 신비로운 순간에
단 한 번도
설레임 없이 그 눈동자와 마주칠 수 없었고,
눈물 없이 그 눈동자를 바라볼 수 없었다

형벌을 내리는 신은

형벌을 내리는 신은 내게서 모든 것을 앗아갔다
건강, 의지의 힘, 공기, 꿈
내게는 오직 너 하나만을 남겨두었다
내가 아직 신에게 기도할 수 있게 하기 위해

운명

사랑, 사랑은 전설을 말한다.
영혼과 영혼의 결합,
그들의 합일, 조화
그리고 운명적인 그들의 결합
그리고…… 운명적 싸움……

그것들 중 무엇이 더 부드럽겠는가
평등하지 못한 두 마음의 투쟁 속에서
피할 수 없이, 분명히
사랑하고, 괴로워하며, 슬프게 도취되며
마음은 신음 소리를 낸다.
그리고 마침내……

이별에는 고귀한 의미가 있다

이별에는 고귀한 의미가 있다.
단 하루만이라도, 아니면 영원히 사랑하지 말아 보라
사랑은 꿈이다, 그리고 꿈은 한순간이다
그리고 결국엔 각성이 따른다
사람은 언젠가 깨어나야만 하니까……

마지막 사랑

오, 세월의 비탈에 선 듯
우리는 더 부드럽게, 더 미신처럼 사랑한다
빛나라, 빛나라 이별의 빛이여
마지막 사랑의, 저녁 노을의!

하늘의 반쪽은 그늘로 뒤덮였다
단지 그곳 서녁에서만 빛이 어슬렁거린다
저녁 빛이여, 걸음을 늦추어라, 늦추어라
매혹이여, 길어져라, 길어져라

혈관 속 피는 줄어들게 내버려두자
가슴속의 부드러움은 줄어들지 않으리니⋯⋯
오, 너 마지막 사랑이여!
너는 더 없는 행복이고 절망이다

K . B .

나는 당신을 만났습니다― 그리고 과거의 모든 것이
생기 잃은 가슴속에 되살아났습니다
나는 찬연했던 시간을 회상했습니다
그리고 가슴이 그렇게 따뜻해졌습니다

늦은 가을녘 같은
날들이 있고, 시간이 있습니다
봄에는 갑자기 바람이 불어와
우리들 속에서 무엇인가가 눈뜨게 하기도 합니다

이렇게 지난 기억으로 온통 가득 차
마음이 가득했었던 그 날들의 기억으로,
오래전 잊혀진 환희를 느끼며
당신의 아름다운 모습을 바라봅니다

마치 세기의 이별이 있은 후처럼
나는 꿈에서처럼 당신을 봅니다
그리고 이렇게―소리가 또렷이 들리기 시작했습니다
내겐 잠잠해지지 않았던 그 소리가

이제 하나의 회상이 아닙니다
삶은 다시 말하기 시작했습니다
당신에게는 이전의 그 매혹이,
내 마음속에는 이전의 그 사랑이 남아 있음을

하루종일 그녀는

하루종일 그녀는 졸음 속에 누워 있었다

그늘이 온통 그녀를 둘러쌌다

여름의 따뜻한 단비가 흘러내렸다

그 줄기가 나뭇잎마다 경쾌한 소리를 냈다

그녀는 천천히 깨어났다

그리고 소리에 귀기울이기 시작했다

깊은 생각에 잠겨

그렇게 오래도록 열중하여 듣고 있었다

그리고는 이렇게 자신과 이야기하듯

그녀는 의식적으로 말했다

―나는 그녀 앞에서 죽어 있었다, 그러나 살아 있었다―

아, 나는 이 모든 것을 얼마나 사랑했던가!

너는 네가 사랑하는 것처럼 그렇게 사랑했었다

아니다, 아직 누구에게도 그 사랑을 다하진 못했다

오, 신이여! 이것도 견뎌내야 한다

가슴을 갈기갈기 찢어내지 않고……

표도르 이바노비치 쮸체프 : 1803~1873

쮸체프는 러시아 시의 특별한 한 페이지를 차지했다. 그는 어디에서, 혹은 무엇에서 삶의 발판을 마련해야 하는지 모르는 동시대인들의 당혹 감과 조화로운 삶의 가능성에 대한 자신의 믿음을 제시한다.

쮸체프의 시들은 보통 철학시(시상시)로 분류한다. 그의 재능은 산수 화처럼 내면을 표현하는 시와 삶의 사상에 대한 독백 그리고 예술의 중 요성을 표현하는 시에서 잘 나타난다. 이 모든 작품에서 시인은 모든 비 극과 희망이 살아있는 시대의 이데아와 내면적으로 관계된 사람으로 나 타난다.

사랑을 테마로 한 쮸체프의 서정시는 그의 작품에서 큰 위치를 점유한 다. 많은 작품 속에서 우리는 '엘리나 알렉산드로브나 데니시에바'를 향 한 그의 적지 않은 감정의 투영을 발견할 수 있다. 이 사랑은 14년 동안이 나 계속되었으며, 데니시에바의 죽음으로 비극적인 종말을 맞이했다. 그 러나 그의 시 속에서 자서전적 디테일을 발견할 수는 없다. 그의 개인적 인 드라마는 시 속에서 보편적 인간의 드라마로 형상화된다. 쮸체프의 시에서 사랑은 외형적인 매력이나, 사랑 자체가 존재하고 있다는 사실이 아니라 인간의 영혼을 사로잡는 깊은, 막을 수 없는 감정이며 인간에게 커다란 즐거움을 줄 수도, 그를 파멸시킬 수도 있는 광폭한 열정이다. 이

러한 인간의 감정은 자연의 소나기나 폭풍과 유사하다. 조화가 상실되고, 평온을 잃은 사랑의 비극적 성격은 시인이 소중한 그의 여인상을 그리고 있는 시들 속에서 특히 잘 느껴진다. 그 여인은 외모만 아름다운 것이 아니라 영혼의 아름다움을 가지고 있으며, 자신을 잊어버린 사랑을 할 수 있는 특별한 능력을 가진 것으로 묘사되지만 이 모든 것이 그녀에게 행복을 가져다 주지는 못한다. 쮸체프는 그의 마지막 작품들에서 사랑을 고통과 괴로움을 가져다 주는 파괴적 감정으로 받아들이는 경향성을 띠게 된다.

아파나시 아파나시예비치 페뜨

Афанасий Афанасьевич Фет

나를 떠나지 마

나를 떠나지 마
친구야, 나와 함께 있어 줘!
나를 떠나가지 마
난 너와 함께 있는 것이 정말 좋다……

더욱 더 서로에게 가까이
우리보다 더 가까이 있을 수는 없어
이보다 더 깨끗하고, 더 생기 있고, 더 강하게
우리는 사랑할 줄 몰라

설사 네가 내 앞에서
슬프게 머리 숙이고 있다 하더라도
난 너와 함께 있는 것이 정말 좋다
나를 떠나가지 마!

얼마나 행복한가

얼마나 행복한가. 밤이고, 우리는 단둘이다!
강은 거울처럼 온통 별들로 반짝이고
그리고 거기…… 머리를 올려 바라보라.
우리 위로 얼마나 깊고 깨끗한 하늘이 펼쳐져 있는지!

오, 나를 바보라고 불러 다오! 네가 원하는 대로
뭐라고 불러도 좋아. 이 순간 내 이성은 약해지고
내 가슴은 사랑의 폭포를 느낀다
난 침묵할 수 없다. 그러지 않을 것이다. 그렇게는 할 수 없다!

나는 아프다, 나는 병들었다. 하지만 고통이 따르더라도 난 사랑한다.
오, 들어 보라! 오, 나를 이해해 주길! 난 내 열정을 숨기지 않아.
난 널 사랑한다고 말하고 싶다.
널, 너 하나만을 사랑하고, 원한다고!

동양적 모티브

너와 나 우리를 무엇에 비교할 수 있을까, 사랑스런 친구?

우리는 강을 미끄러져 달리는 두 개의 스케이트 날

우리는 부서져 가는 배를 젓는 두 명의 뱃사공

우리는 좁은 하나의 껍질 속에 갇혀 있는 두 개의 씨앗

우리는 한 송이 꽃 위에 앉아 있는 두 마리 벌

우리는 좋은 하늘에 떠 있는 두 개의 별

내가 너의 눈부신 고수머리에 입맞출 때

내가 너의 눈부신 고수머리에 입맞출 때,
네 아름다운 가슴에서 그토록 뜨겁게 숨쉴 때
넌 무엇 때문에 다른 처녀에 대한 이야기를 하는가
왜 내 눈을 똑바로 바라보지 못하는가?

저녁이 가까이 왔다 하더라도 두려워 마라!
나는 널 내 망토로 감싸 추위로부터 지켜줄 것이다
달이 안개 속에 갇혀 있지 않고, 별들도 무수히 많은 빛을 발한다 하더
라도
나는 너와 함께 단 하나만을 바라볼 것이다

가슴을 믿지 않는다면, 순간이라도 믿어라
내 시선과 떨림, 그리고 정겨운 속삭임을 받아들여라
의심을 잠재우는 뜨거운 입맞춤으로
질투 많은 처녀여, 나를 껴안아라!

속삭임

속삭임, 수줍은 숨결
꾀꼬리의 지저귐
햇빛 개울의
은빛 떨림
밤의 빛, 밤의 그림자
끝없는 그림자
사랑스런 얼굴의
매혹적인 변화,
진홍 장밋빛 연기 구름 속으로
파고드는 보석의 반짝임
입맞춤의, 그리고 눈물의
노을의, 노을의!……

밤이 빛나고 있었다

밤이 빛나고 있었고, 정원은 달빛으로 가득했다
그리고 달빛은 불빛없이 거실에 있는 우리 발 옆에도 누워 있었다
우리 가슴이 너의 노래로 그러하듯
피아노는 열려 있었고, 그 현들이 떨렸다

너는 눈물 속에 가물거리며 동이 틀 때까지 노래했다
너 하나만이 사랑이고, 다른 사랑은 없다고
너를 사랑하고, 너를 안고 네 앞에 울고 싶었다
그 노랫소리를 잃지 않고, 그렇게 살고 싶었다

괴롭고 지루한 많은 시간들이 흘러갔다
그리고 예전처럼
이렇게 밤의 정적 속에 너의 목소리가 다시 들렸다
너 하나만이 모든 삶이고, 너 하나만이 사랑이라고

운명과 가슴의 울분도 없고, 아린 고통도 없다고
흐느끼는 노랫소리를 믿기만 하면
삶은 끝없고, 다른 목적도 없다
너를 사랑하기, 너를 안고, 네 앞에서 울기!

나는 너에게 아무말도 하지 않으리라

나는 너에게 아무말도 하지 않으리라
나는 너를 조금도 괴롭히지 않으리라
내가 말없이 다짐한 것에 대해
절대 암시하지 않으리라

하루종일 밤의 꽃들이 잠잔다
그러나 해가 숲 뒤에서 떠오르면
살며시 잎들이 깨어난다
그리고 나는 가슴이 깨어나는 소리를 듣는다

그리고 병든 지친 가슴에 축촉한 밤바람이 분다
나는 떨린다
나는 너를 조금도 괴롭히지 않으리라
나는 너에게 아무것도 말하지 않으리라

아파나시 아파나시예비치 페뜨 : 1820∼1892

고대인들은, 시인은 만들어지는 것이 아니라 태어나는 것이라고 말했다. 페뜨는 진정 시인으로 태어났다. 뛰어난 예술적 재능이 그의 운명과 영혼에 깃들여 있다. 페뜨는 서사시와 운문소설, 중편소설을 쓰고, 많은 작품들을 번역하기도 했지만 그중 가장 중요한 그의 창작 방향은, 그에게 세계문학에서 가장 예민한 서정시인 중 하나라는 명성을 안겨다 준 서정시에 있다.

페뜨는 그의 시 작품들을 사회적 삶의 고통과 분리시켰다. 페뜨는 그의 시를 '순수예술' 의 한 부분으로 할당했다. 페뜨의 시 세계에는 공포스럽거나 잔인하거나 시적 형상을 갖지 않는 것은 아무것도 없다. 그의 시는 단지 미에 의해서만 창작된다. 모순이 있는 분열된 실제 세계로부터의 도피는 예술의 창조로 이루어진다. '미학적 명상' 이 페뜨가 창조하는 틀에서의 낭만주의 문학의 전형적인 특징이다.

페뜨의 서정시 작품에서의 표현 대상은 아름다움이다. 자연과 사랑으로부터 분리되지 않는 아름다움의 관념으로 시인의 많은 작품들은 연결되어 있다. 페뜨는 미학적 인상의 대상으로 자연과 사랑에 관심을 가진다. 미적 쾌락과 자연에 대한 환희, 그리고 사랑의 느낌은 그의 서정시의 주요 모티브이다. 사랑과 관련된 페뜨의 시는 언제나 환희에 차 있고 낙

관적이다.

페뜨의 위대한 명성은 시 〈속삭임〉에서 시작되었다. 그리하여 이 시는 페뜨의 자연과 사랑을 유기적으로 연관시킨 페뜨 시의 상징이 되었다.

알렉산드르 알렉산드로비치 블록

Александр Александрович Блок

달이 잠에서 깨어났다

달이 잠에서 깨어났다. 소란한 도시는 멀리서 우르릉거리고, 불빛이
흐른다
　여기서는 모든 것이 이렇게 조용하고, 그곳에선 정신없이,
　그곳에선 모든 것이 소란스럽다. 그런데 우리는 단둘이서……
　하지만 만일 이 만남의 불꽃이
　영원하고 성스러운 불꽃이었다면,
　우리의 말들은 그렇게 흘러가지 않았으리!……
　설마 아직까지도 고통이 살아남아
　행복까지도 가져갈 수 있는 것일까?
　차가운 밀회의 순간에
　우리는 우울한 회상을 한다. 용서하라……

나는 안개 낀 아침에 일어난다

나는 안개 낀 아침에 일어난다
태양이 내 얼굴을 때린다
너, 혹 나의 기다리던 연인인가
현관으로 나를 향해 떠오르는 것은?

무거운 문을 활짝 연다!
창으로는 바람 내음이 풍겼다!
이렇게 즐거운 노래는
오랫동안 들리지 않았다!

이 모든 것과 함께 안개 낀 아침에
태양과 바람이 내 얼굴로!
이 모든 것들과 함께 나의 기다리던 연인
현관으로 나를 향해 떠오른다!

세월은 흘렀지만

세월은 흘렀지만, 넌 예전 그대로
콧대 높고, 아름답고, 그렇게 맑다
단지 머리카락만이 조금 더 부드러워져
그 속에서 은빛이 반짝일 뿐.

하지만 난 산더미 같은 책들 위에 엎드린
키 크고, 허리 굽은 노인이 되어
도무지 이해할 수 없는 한 가지 마음으로
너의 평온한 모습을 바라본다

그래, 시간은 우리를 바꾸어 놓지 못했다
그때처럼 우리는 살며 숨쉰다
그 먼 옛날의 시간들을 회상하며
간직한 채⋯⋯

그 날들의 빛나는 재는 목이 긴 항아리 속으로
우리의 빛나는 마음은 푸른 안개 속으로
점점 더 신비롭게, 점점 더 푸르게
지상에서 과거를 숨쉰다는 것

눈멀고 어리석은 내게도

눈멀고 어리석은 내게도
시간은 꼬리에 꼬리를 물고 흘러갔다
오늘이 되어서야 나는 꿈에서 보았다
그녀는 나를 한 번도 사랑한 적 없음을……

나는 그저 우연히 만난 사람이었음을,
나는 그저 오다가다 스친 사람이었음을,
하지만 그 어린 날의 열기는 식어 버렸고
그녀는 내게 용서하라 말했다

하지만 내 마음은 이전의 그 사랑으로 가득 차
타인들과 함께하는 시간은 아무런 느낌도 주지 않고,
그 마음, 그리고 하나뿐인 그 노래는
오늘도 내 꿈속에서 울려 퍼졌다

그녀는 젊고 아름다웠다

그녀는 젊고 아름다웠다
그리고 청순한 마돈나로 남아 있었다
마치 맑은 개울의 거울처럼 빛났다
내 가슴이 얼마나 아렸는지!……

그녀는 푸른 먼 곳처럼 무심하다
마치 잠든 백조처럼 보였다
누가 알겠는가, 어쩌면 슬픔도 있었는지……
내 가슴이 얼마나 찢어졌는지!……

그녀가 내게 사랑을 노래했을 때
그 노래는 내 마음속에 울려퍼졌다
하지만 열정은 끓어오르는 피를 보지 못했다
내 가슴이 얼마나 상처입었는지!……

그리고 나는 사랑했다

그리고 나는 사랑했다, 그리고 나는 알았다
사랑의 고통, 그 부질없는 취기를,
패배와 승리를,
그리고 적이라는 이름과 친구라는 단어를

그들은 많았다, 나는 무엇을 아는가?
회상, 꿈의 어둠……
나는 단지 그들 황금의 이름을
의아하게 반복한다

그들은 많았다, 하지만 나는
하나의 특징으로,
하나의 분별없는 아름다움으로
그것들을 연결시켰다
열정과 나의 삶, 그것은 누구의 이름인가

비밀스레 열정을 이행하며
땅 위로 솟아오르며
나는 다른 여인이
숙명적인 열정의 침대로 걸어가는 것을 보았다

그 애무, 그 언어들
탐욕스런 입술의 역한 격정
그리고 싫증나 버린 어깨……
아니다! 세상은 열정이 없고, 깨끗하고 텅 비었다!

쾌활함으로 가슴을 가득 채우며
눈덮인 절벽의 정상에서
나는 그 계곡으로 눈덩이를 굴린다
내가 사랑했고, 입맞추었던 그곳, 그곳으로!

레스토랑에서

결코 잊을 수 없으리라
(이 밤은 있었다, 아니면 없었을 수도)
노을의 불길로
태워지고 온통 흔들려 버린 창백한 하늘
황금빛 노을 위로는 늘어선 가로등

나는 가득 찬 홀 창가에 앉아 있었다
어디선가 바이올린의 선율이 사랑을 노래했다
나는 흑장미를 술잔에 담아 네게 보냈다
황금빛 술잔 속 하늘 같은 샴페인

너는 주위를 돌아보았고, 나는 수줍고 용감히
오만한 너의 시선을 받으며 고개 숙여 주었다
너는 너의 연인에게 의도적으로 말했다
"그도 사랑에 빠졌군요"

지금 그 답으로 바이올린의 어떤 선율인가가 흐른다
바이올린이 열정적으로 노래하기 시작했다
그러나 너는 나와 함께할 때 나의 젊음을 경멸했다
겨우 감지할 수 있는 손의 떨림과 함께……

너는 놀란 새처럼 급히 뛰어나갔다
너는 꿈결처럼 가볍게 사라졌다
향수 냄새를 내뿜고, 속눈썹을 떨며,
실크 스치는 소리를 사각거리며

그러나 거울의 깊은 곳에서 너는 내게 눈짓했다
그리고 눈길을 던지며 소리쳤다. "잡아!"
현란한 차림의 집시처녀가 요란한 소리를 내며 춤춘다
그리곤 높은 목소리로 사랑의 노을을 노래했다

떠나갔다

떠나갔다, 그러나 히아신스는 기다렸다
그리고 낮은 창문을 깨우지 않았다
얇은 치마의 가벼운 주름 속으로
밤의 침묵이 꽃피었다

밤의 불꽃의 비스듬한 빛 속에
나는 네가 다시 올 것임을 안다
나일강의 꽃향기로
나를 매혹시키고, 취하게 할 것임을

그 손이 주는 무력감에 나는 익숙하다
속삭이는 언어
지친 가느다란 허리
그리고 어깨에 흐르는 윤기

하지만 너의 이름 속엔 알 수 없음이,
네 눈의 갈색 어둠은
교활한 불신과
소나기 내리던 전설의 밤을 숨긴다

지상의 세계에 예속된 넌
모든 이들 사이에서 혼자만이 알지 못한다
네가 어떤 고통을 짊어져야 하는지,
어떤 믿음을 가져야 하는지

들어오라, 자신의 바람을 알지 못한 채
착한 여인이여, 눈을 응시하라
날카로운 고통의 어두운 시선으로
살아있는 가슴을 찢어라

기어다니는 뱀아, 내게로 오라
조용한 자정에 귀먹게 하라
지친 입술로 괴롭혀라
검은 또아리로 목 졸라라

알렉산드르 알렉산드로비치 블록 : 1880~1921

러시아의 사랑을 주제로 한 서정시를 이야기할 때 위대한 많은 시인들의 이름을 떠올린다. 그들 중 하나, 빼놓을 수 없는 이름이 있다. 바로 알렉산드르 블록이다.

블록의 초기시는 상징주의와 연관되어 있다. 그의 최초의 시는 빼쩨르부르그 상징주의자들의 잡지에 발표되었다(1903). 그러나 1905년에 이르러 시인은 상징주의를 떠나 러시아 고전시의 전통으로 눈을 돌린다. 기쁨, 열망, 운명 그리고 죽음—이것이 그의 연작시 「눈의 가면」에 나타난 주요한 시적 테마이다.

블록의 시에서 조국의 테마는 특별한 위치를 점유한다. 시인에게 있어 러시아는 빈궁하지만 새로운 삶으로 나아가는, 살아 있는 젊은 조국이다. 또한 블록 서정시의 걸작은 "아름다운 여인에 대한 시"이다. 아름다운 여인은 지상에서, 그리고 영혼의 방황에서 늘 시인과 함께한다. 시인의 아름다운 여인은 부드러움과 여성다움, 매력의 극치이며 아름다움의 영원한 이데아이다. 블록 서정시의 주인공은 아름다운 여인의 숭배자이다. 이 아름다운 여인의 모티브가 된 여인은 블록의 첫사랑 류보피 멘젤레예바로, 후에 그녀는 시인의 아내가 되었다.

블록의 서정시에서 또 하나의 진주를 꼽으라면 연작시 「카르멘」을 들

수 있을 것이다. 이 시는 뻬쩨르부르그 음악 드라마 극장의 오페라 가수였던 델마스를 향한 사랑을 담고 있다. 이 연작시에서도 서정적 자아인 블록은 아름다운 여인을 이전처럼 숭배하고 있지만, 아름다운 여인은 이미 다른 모습으로 나타난다. 여기서 아름다운 여인은 이전처럼 영원한 비밀을 간직하고 있긴 하지만 좀더 지상의 여인으로서의 모습을 띄게 된다.

안나 안드레예브나 아흐마또바

Анна Андреевна Ахматова

나의 밤은 너를 향한 열병

나의 밤은 너를 향한 열병
낮은 냉정하게 "내버려 두라" 말한다
난 내게 슬픔을 보내준
운명에게 미소지었다

어제의 열기는 힘겨웠다
나는 곧 마지막까지 송두리째 타버릴 것인가?
이 불길은 아마도
아름다운 노을로 변하진 않을 듯하다

남몰래 저주를 퍼부으며
난 얼마나 오랫동안 이 불길 속에서 괴로워해야 하는가?……
내가 만든 이 무시무시한 덫에 갇힌 날
넌 찾아내지 못할 것이다

다섯 번째 계절

다섯 번째 계절
단지 그것만을 숭배하라
마지막 자유를 숨쉬어라
그것은 바로 사랑이니까
하늘은 높이 비상하고
모든 것들의 모습이 가벼워 보인다
그리고 이제 더 이상 육신은
자신의 슬픔의 날을 기념하지 않는다

내가 너와 함께

내가 너와 함께 남았든,
네가 나와 함께 떠났든,
어쨋든 그 일은 일어나지 않았다
이별, 나의 천사여!
하지만 나를 가장 두렵게 하는 건
괴로운 슬픔의 한숨도,
악의에 찬 비난도 아니다
그것은 바로 너의 평온하고 맑은 눈빛

바닷가 정원 길이

바닷가 정원 길이 어두워지고,
막 불 밝힌 가로등 빛이 노랗다
나는 편안하다. 나와는 단지 그에 대한
이야기만 하지 않으면 된다
넌 사랑스럽고, 믿음직스럽고, 우리는 친구가 될 것이다……
산책하고, 입맞추고, 늙어갈 것이다……
그리고 초승달은 우리 위에서
별들처럼 날아다닐 것이다

나는 더 이상 웃지 않게 되었다

나는 더 이상 웃지 않게 되었다
차가운 바람이 입술을 얼려 버렸다
하나의 희망이 적어졌고,
하나의 노래가 늘어날 것이다
그리고 난 어쩔 수 없이 이 노래를
웃음과 비난에 내던질 것이다
그리고 나면 마음속에서는 사랑의 침묵이
참을 수 없이 아파 올 것이다.

하얀 밤에

아, 나는 문을 잠그지 않았다
양초에 불도 켜지 않았다
그렇게 지친 내가 누우려 하지 않았음을
너는 모른다

너의 것과 닮은
술취한 목소리를 내며
석양 무렵의 어둠 속으로
침엽수림이 사라지는 것을 보라

그리고 모든 것을 잃었음을 알아라
삶은 저주받을 지옥이라는 것을!
아, 나는 믿었었다
네가 돌아오리라는 것을

마지막 만남의 노래

그렇게 어쩔 수 없이 가슴은 식어갔다
하지만 내 발걸음은 가벼웠다
나는 오른손에
왼쪽 장갑을 끼웠다

많은 계단이 있었던 것처럼 보였지만
나는 그것이 세 개뿐임을 알고 있었다!
단풍나무 숲속에서의
가을의 속삭임

"나와 함께 세상에 안녕을 고하자!
나는 우울하고, 악의에 찬 나의 운명에 기만당했다!'
나는 대답했다. "사랑하는 이여!
나도 그래. 너와 함께 죽음을 맞이하리!'

이것이 마지막 만남의 노래
나는 어두운 집을 응시했다
침실에서만 양초가 타오르고 있었다
싸늘하게 노란 불꽃으로

롯의 아내

— 롯의 아내는 뒤를 돌아본 후 소금기둥이 되었다 — 창세기

그리고 의로운 자는 어두운 산길을 따라
거대하게 빛나는 천사를 따라간다
그러나 아내에게 불안한 소리가 들렸다

"늦지 않았소, 당신은 아직 돌아볼 수 있소.
고향 소돔의 붉은 탑이며
당신이 노래부르던 광장이며, 뛰놀던 뜨락을
그리고 텅빈 커다란 집의 창문을
사랑하는 남편의 아이를 낳은 그곳을 "

뒤를 돌아본 후, 어색한 죽음의 고통으로
여인은 아무것도 볼 수 없었다
육신은 투명한 소금기둥이 되었고,
민첩한 두발이 땅에 박혔다

누가 이 여인을 위해 슬퍼할 것인가?
누가 이 여인의 상실감을 위로해 줄 것인가?
내 마음만은 잊을 수 없다
순간의 시선에 삶을 바친 여인을

우리는 같은 잔으로 마시지 않을 것이다

우리는 같은 잔으로 마시지 않을 것이다

물도, 달콤한 와인도

이른 아침, 우리는 입맞추지 않을 것이며

저녁이면 창문을 바라보지도 않을 것이다

너는 태양으로 호흡하고, 나는 달로 숨쉰다

그러나 우리는 하나의 사랑으로 산다

나와 함께는 언제나 나의 믿음직한, 부드러운 친구

너와 함께는 쾌활한 네 여자친구

하지만 나는 회색 눈동자의 공포를 이해한다

너는 내 질병의 원인

우리는 짧은 만남도 자주 가지지 못한다

이렇게 우리는 우리의 평온을 소중히해야 할 운명을 타고났다

나의 시 속에는 너의 목소리만이 노래하고

너의 시 속에선 내 숨결이 느껴진다

오, 망각도 공포도 감히 건드릴 수 없는

그런 모닥불이 있다

내가 지금 너의 메마른 장밋빛 입술을
얼마나 사랑하는지 네가 알 수만 있다면!

안나 안드레예브나 아흐마또바 : 1889~1966

안나 아흐마또바는 러시아의 위대한 딸이며 민족시인이다. 1989년은 유네스코가 정한 아흐마또바의 해였다. 아흐마또바는 형식적인 면뿐만 아니라 풍부한 도덕적인 내용, 영혼의 탐색, 예술의 시민적 역할에 대한 인식이라는 면에서 러시아 고전문학의 계승자이다.

1917년 아흐마또바는 굶주리고, 전쟁으로 인해 피투성이가 된 조국을 버리지 않았다. 그녀는 자신의 남편(시인 니꼴라이 구밀료프)이 총살당하고, 아들 레프 구밀료프가 체포되어 유형에 처해졌을 때에도 예술가로서 민중의 목소리가 되어 자신의 임무를 다했다.

아흐마또바의 비평작으로는 『뿌쉬낀에 대한 이야기』, 『알렉산드르 불록에 대한 회상』 등이 있으며, 시집으로는 『저녁』(1912), 『구슬』(1914), 『하얀무리』(1917)가 있다.

아흐마또바 시의 주요한 테마는 사랑이다. 그녀의 서정시는 가슴의 음악이며, 열린 사랑 그리고 열망, 깊고 복잡한 번뇌의 세계이다. 그녀는 번역가로도 활동했으며, 그녀의 번역 작품 중에는 한국의 시조들을 러시아어로 번역한 것도 있다.

마리나 이바노브나 쯔베따예바

Марина Ивановна Цветаева

S. E.

나는 도전하듯 그의 반지를 끼고 다닌다!
그렇다, 나는 영원한 그의 아내, 종이 쪽 위의 아내는 아니다!
너무도 좁은 그의 얼굴
마치 장검을 닮은 그의 얼굴

말없는 그의 입꼬리는 아래로 향해 있고
괴롭도록 근사한 그의 눈썹
그의 얼굴에서는 비극적으로
두 가지 고대의 피가 섞여 있다

그는 첫가지의 가녀림처럼 가늘다
그의 눈은 말할 수 없이 아름답다!
펼쳐진 눈썹의 날개 아래에는
두 개의 심연이 있다

그의 얼굴에서 나는 기사도정신에 충성을 바친다
두려움 없이 살았고, 죽었던 당신들 모두에게!
이런 운명적인 시각에
사람들은 시를 쓰고, 형장으로 간다

접시 같은 이별의 열정!

집시 같은 이별의 열정!
만나자마자 멀리 달아나려 한다
나는 두 팔에 이마를 떨어뜨리고
밤을 바라보며 생각했다

우리들의 편지들을 온통 헤집어도
그 누구도 깊숙이까지 이해하지 못했다
우리가 얼마나 약속을 잘 져버리는지
그러니까 우리가 얼마나 스스로에게 충실한지

쓰라림

쓰라림! 쓰라림! 네 입술의
영원한 감촉, 오, 열정이여!
쓰라림! 쓰라림! 영원한 열망
결정적으로 타락하다

나는 쓰라림으로 젊고 아름다운
모든 청년들에게 입맞춘다
너는 쓰라림으로
밤이면 다른 여인의 손을 이끈다

빵을 먹고, 물을 게걸스레 마신다
쓰라림은 비애요, 쓰라림은 슬픔이다
너의 풀밭에
이런 풀 하나가 있다, 오, 러시아여

나무 두 그루가 서로에게 걸어간다

나무 두 그루가 서로에게 걸어간다
나의 집과 마주보는 나무 두 그루
나무들은 늙었고, 집도 늙었다
나는 아직 젊으나
낯선 나무들을 동정하지 않았다

두 그루 중 작은 것이 손을 뻗는다
여자처럼 마지막 힘을 다해
몸을 내뻗었다. 누구에게건
손내미는 것을 바라보는 건 가혹하다
더 나이 많고, 더 강한 것이
더 불행할 수 있다는 것을 누가 알겠는가

두 그루 나무가 석양 속에 탄다
비 아래— 아직 눈 아래—
항상, 언제나 : 하나가 다른 것에게
이런 규칙으로 : 하나가 다른 것에게
규칙은 하나 : 하나가 다른 것에게

경솔

경솔! 사랑스런 죄악
사랑하는 동반자, 그리고 나의 사랑스런 적!
너는 내 눈 속에 웃음을 뿌렸고,
내 맥박 속에 마주르카를 뿌렸다

누구와 성혼의 맹세를 하든
반지의 약속을 지키지 말라 가르쳤다
닥치는 대로 끝에서부터 시작하고,
아직 시작하지 않은 것을 끝내라고

우리가 그토록 작은 일만을 할 수 있는 삶 속에서
나무처럼도 되고, 강철처럼도 되라……
초콜릿으로 슬픔을 치료하고
지나치는 사람의 얼굴에 대고 웃으라고!

이런 부드러움은 어디에서 오는가

이런 부드러움은 어디에서 오는가
이 고수머리는 내가 어루만지는
첫 번째 것이 아니며, 내 입술은
네 입술보다 진한 입술을 알아 왔다

별들이 들어와 빛을 잃었다
어디에서 이런 부드러움이 오는가
바로 내 눈 옆에서
눈빛이 피어올라 꺼져 버렸다

지금껏 이런 노래를
밤의 어둠 속에서 들은 적 없다
이런 부드러움은 어디에서 오는가
노래하는 이의 바로 그 가슴에 안겨

이런 부드러움은 어디에서 오는가
그리고 이 부드러움으로 무엇을 할 것인가
긴 사다리를 들고 온
능란한 떠돌이 가수

나는 나로 인해 당신이

당신이 아파하지 않아 좋습니다
나는 당신으로 인해 내가 아파하지 않아 좋습니다
또한 우리 발밑의 힘겨운 세상이
결코 사라지지 않을 것임에 좋습니다
나는 내가 우스워질 수 있고
가벼워질 수 있어 좋습니다
말장난하지 않고,
숨 막히는 감정으로 얼굴 붉히지 않고,
그저 가볍게 손만 스칠 수 있어 좋습니다

나는 당신이 내 앞에서
편안히 다른 여인을 포옹할 수 있어 좋습니다
내가 당신이 아닌 사람과 입맞춘다고 애태우거나
나를 지옥불 속에 가두어 두진 마세요
나의 이름, 나의 부드러운 이름을
낮에도, 밤에도 부질없이 되뇌이지 마세요
교회의 무거운 침묵 속에서 우리를 위하여
결코 감사의 노래를 부르지 말아 주세요

나는 당신께 몸과 마음으로 감사합니다

당신 스스로도 잘 모른 채 날 그토록 사랑해 주신 데 대해

내가 가진 밤의 평온과

해질녁 갖는 만남이 그토록 가끔인 것에 대해,

달빛 아래 우리가 함께 산책하지 않는 것에 대해,

우리 머리 위를 비추지 않는 태양에 대해

그리고 당신이 나로 인해 아파하지 않음에 대해

그리고 내가 당신으로 인해 아파하지 않음에 대해

마리나 이바노브나 쯔베따예바 : 1892~1941

러시아 시의 역사에서 쯔베따예바의 이름은 아흐마또바, 만젤쉬땀, 파스쩨르나끄의 이름과 나란히 선다. 쯔베따예바의 모든 작품(시 그리고 17편의 서사시, 8편의 시드라마, 산문)은 모두 가치 있는 것이다. 쯔베따예바는 16세의 나이에 시를 쓰기 시작했다. 그리고 18세 때 첫 시집인 『저녁의 앨범』을 출판했다. 브류소프와 구밀료프는 이 시집에 대해 이렇게 평했다.

"누가 그녀에게 선명한 아름다움을 주었는가? 누가 그녀에게 이렇게 분명한 언어를 주었는가?"

쯔베따예바의 초기시에는 실제의 모티브가 되고 있는 '집에 관한' 서정시가 근저에 깔려 있다. 그러나 최초의 서사시에는 반복되지 않는 분명한 슬픔이 잘 나타나 있다.

쯔베따예바의 후기작품은 일정한 테마를 정해 말하기 어렵다. 그녀는 세상의 모든 것에 대해 썼다. 그러나 쯔베따예바의 작품에서 무엇보다 생생한 것은 사랑이다. 쯔베따예바의 시적 자아는 억제할 수 없는 부드러움으로 특징지워진다. 이것은 단순히 커다란 한없는 부드러움이 아니라 억제할 수 없는 부드러움이다. 그녀는 사랑의 부탁과 믿음에 대한 요구를 자신과 타인에게 한다. 이별은 시인의 사랑과 부드러움을 강화시킬

뿐이다. 쯔베따예바에게 있어 슬픔 없는 사랑은 없다. 쯔베따예바의 주인공은 사랑이라는 이름으로 모든 것을 줄 수 있고, 모든 것을 희생할 수 있다. 그녀에 있어 사랑의 테마는 비극적이지만, 그럼에도 불구하고 사랑은 언제나 위대한 운명의 선물이다. 쯔베따예바의 여주인공은 이 선물을 받을 만한 가치가 있다.

세르게이 알렉산드로비치 예세닌

Сергей Александрович Есенин

붉은 노을 빛이 호수에 어렸다

붉은 노을 빛이 호수에 어렸다
침엽수림 속에 꿩이 소리내어 운다

어디선가 꾀꼬리가 나무등걸 속으로 숨으며 운다
나 혼자만이 울지 않는다. 내 마음은 환해진다

나는 그녀가 저녁무렵이면 거리 뒤로 나와
우리는 신선한 낟가리 위에 앉을 것임을 안다

나는 취할 때까지 입맞추고, 꽃처럼 엉망으로 만들 것이다
기쁨으로 취한 나는 누구도 비난하지 않는다

그녀는 나의 애정어린 애무에 비단 베일을 벗어던질 것이며
나는 아침까지 취한 그녀를 관목숲으로 데려 가리라

꿩은 소리내어 울 테면 울어라
붉은 노을 빛 속에는 유쾌한 슬픔이 있으니

하늘색 불꽃이 타오른다

하늘색 불꽃이 타오른다
고향의 모든 것은 잊혀졌다
나는 처음으로 사랑을 노래했다
나는 처음으로 추문을 일으키기를 거부한다

나는 온통 황폐한 들 같았고
여자와 술을 탐했었다
나는 노래 부르고, 춤추는 것이 싫어졌다
내 삶을 뒤돌아보지 않고 잃는 것이 싫어졌다

나는 오직 너만을 바라보고 싶다
갈색 황금빛 소용돌이를 바라보고 싶다
네가 과거를 사랑하면서
다른 이에게로 떠나가지만 않았더라면

부드러운 걸음걸이, 가벼운 몸매
만일 네가 세심한 마음으로 알았더라면
무뢰한이 어떻게 사랑하는지
그가 어떻게 고분고분해지는지

나는 영원히 선술집을 잊었을 것이다
그리고 시쓰기도 그만두었을 것이다
나는 너의 가는 손을 어루만지고
너의 부드러운 머리칼만을 가을 꽃으로 쓸어주었으리라

나는 영원히 네 뒤를 따라 떠났을 것이다
내 나라든, 혹은 타국이더라도……
나는 처음으로 사랑에 대해 노래했다
나는 처음으로 추문을 일으키기를 거부한다

이별의 끝에 선

검은 초승달 밤이 찾아왔다
누군가의 말들이 마당 옆에 서 있다
내 젊음을 모두 마셔 버린 것은 어제가 아니었던가?
너와의 사랑을 깨 버린 것은 어제가 아니었던가?

늦어버린 뜨로이까여, 발굽소리를 내지 마라!
우리 삶은 흔적없이 왔다
어쩌면 내일은 병상의 침대가
나를 영원히 진정시킬지도 모른다

아니면 내일은 전혀 다른 모습으로
완쾌되어 영원히 떠나 버릴지도 모른다
비와 벚꽃의 노래를 듣는 것은
건강한 사람이 사는 법

나를 괴롭혔던
모든 어두운 힘을 잊을 것이다
부드러운 영상! 사랑스런 영상!
오직 하나, 너만을 잊지 않을 것이다

내가 다른 이와 사랑하도록 내버려둬라
그러나 그녀와 사랑하는 다른 이와
나는 소중한 너에 대해 이야기할 것이다
언젠가 내가 소중한 너라고 불렀던 너에 대해

옛날이 어떻게 흘러갔는지 이야기할 것이다
옛날이 없었던 우리의 삶……
나의 용감한 그녀, 너는 준비되었는가,
너는 나를 도대체 어디까지 데려갈 것인가

너를 노래함

네가 다른 이와 취할 때까지 마시도록 내버려 두련다
그래도 내게는, 나에게는 남아 있다
네 머릿결의 유리 같은 연기가,
네 눈동자의 가을 같은 피로가

오, 가을의 연륜!
그것은 나에게 젊음이나 여름보다 더 값지다
너는 시인의 공상이
두 배나 더 좋아하게 되었다

나는 한 번도 진심으로 거짓을 말한 적 없다
그래서 나는 오만한 목소리로
망나니짓과 작별했노라
태연하게 말할 수 있다

유희와 작별할 때가 되었다
순종할 줄 모르는 과감함과도,
가슴은 이미 다른 것을 잔뜩 마셔 버렸고,
피는 술에서 깨어난다

버드나무 가지 위 적자색 9월이
내 작은 창문을 두드렸다
그의 침착한 도래를 맞이할
준비를 하라고

지금 나는 많은 이와 화해한다
강요도 없이, 상실도 없이
러시아는 내게 낯설어 보인다
낯설어 보이는 묘지와 오막살이들

나는 투명하게 주위를 바라본다
그리고 본다. 그곳인가, 여기인가, 아니면 그 어디인가
하나뿐인 너, 누이이자 친구인 네가
시인의 동반자가 될 수 있는 곳은

나 홀로 너에게
꾸준함을 배우며
길에 내리는 어스름과
떠나가는 망나니짓에 대한 노래를 부를 수 있는 곳은

세르게이 알렉산드로비치 예세닌 : 1895~1925

러시아의 위대한 민족시인인 세르게이 예세닌은 농부의 아들로 태어났으며 자신이 농부의 아들임을 자랑스럽게 생각했다. 그의 어린 시절은 랴잔의 시골마을에서 흘러갔으며 그 고향마을에 대한 사랑을 평생 동안 간직했다.

그는 자신의 자서전 중 하나에서 이렇게 회상했다.

"나는 일찍 시를 쓰기 시작했다, 10살 때쯤부터. 그러나 작품이라고 할 수 있는 것들은 16,7세 때 쓰기 시작했다."

랴잔 지방 소년인 예세닌의 재능을 처음으로 발견한 사람은 블록이었다. 예세닌은 블록에게 자신의 시를 가져갔으며, 블록은 이 젊은 시인의 시에서 진리의 아름다움을 발견하고, 수도에서 이를 출판할 것을 추천했다. 이것이 1915년의 일이며, 시인의 시는 1921년에 출판되었다.

예세닌은 진정 민중의 시인이며, 조국과 러시아의 노래꾼이다. 예세닌에게 있어 조국은 추상적인 개념이 아니다. 이것은 단지 땅덩어리로서의 러시아가 아니라, 랴잔 지방의 자연이며, 농민들에 대한 고귀한 마음이다. 예세닌은 러시아 농촌의 삶과 자연, 땅과 그 땅의 사람들, 그의 사랑과 우정에 대해 썼다. 예세닌의 서정시 속에는 두 가지 원천이 놀랍게 어우러져 있는데, 구비문학과 러시아 고전시가 바로 그것이다.

예세닌의 시대는 러시아 역사에서 격동의 시대였다. 따라서 시인에게
는 조국의 헐벗고 굶주린 모습을 보는 것이 고통이었으나, 시인은 새로
운 조국의 부활을 믿었다. 그리고 그와 동시에 예세닌은 농민들의 비극
적인 미래를 감지했으며, 따라서 이 비극의 증인이 되었다.

사랑의 테마는 예세닌의 서정시에서 중요한 위치를 점유한다. 그의 시
는 모든 존재하는 것에 대한 놀라운 사랑을 표현한다. 자연에 대한 사랑
그리고 부드러움, 어머니, 누이에 대한 사랑 그리고 사랑하는 여인에 대
한 정열적인 사랑, 그 속에서 그는 영혼의 힘을 얻고, 구원의 희망을 얻는
다.

역자 후기

"삶이 그대를 속일지라도, 슬퍼하거나, 노여워 말라" 라는 싯귀.

수학여행을 가거나 하면 조잡한 기념품 등에 어김없이 적혀 있곤 하던 바로 그 싯귀.

하지만 이 구절이 바로 러시아의 대 문호 뿌쉬낀의 시에서 인용한 구절이라는 것을 아는 사람은 과연 몇이나 될까?

이 에피소드에서도 알 수 있듯이 러시아 시는 우리 생활로부터 그리 멀거나, 우리 정서와 크게 동떨어져 있지 않다. 세상 어디를 가든 사람들의 살아가는 모습은 크게 다르지 않듯이, 그 세상 사는 사람들의 삶을 노래한 시 역시도 크게 다를 바 없는 것이다.

러시아 시의 경우, 러시아 문학이 주는 전반적인 이미지로 인해 지나치게 철학적이라거나, 어렵지 않을까 하는 선입견을 가지게 하는 것이 사실이다. 그리고 몇몇 시인의 시를 보면 이 말이 부분적으로는 맞는 말이기도 하다. 하지만 그들 몇몇을 제외한 다른 대부분 시인들의 시는 그렇게 철학적이지도, 어렵지도 않다.

특히, 이 시집에 엮어 모은 '사랑'을 주제로 한 시들은 사랑이라는 감정 자체가 그렇듯 시간과 공간을 초월하여 누구에게나 쉽게 다가가고, 쉽게 공감을 얻어낼 수 있는, 그런 것들이다. 그들은 사랑이라는 인류 공통의 감정에 이르는 그들 나름의 길을 보여 주고, 그들의 설레임, 환희, 그리고 고통을 러시아적인 힘과 격정으로 표현했으며, 러시아적인 감미로움과 부드러움으로 나타냈다.

독자들은 이 시집을 통하여 러시아 시에 대한 좀 다른 체험을 할 수 있을 것이며, 사랑이라는 고양된 감정의 러시아식 해답을 얻을 수 있을 것이다.

러시아 시 뿐 아니라 외국의 시들을 국내에 번역, 소개하는 데 있어서는 일정 정도의 한계지점이 생겨난다. 그것은 바꾸어 생각해 보면 너무도 쉽게 느낄 수 있는 일로, 우리 나라의 시를 영어나 다른 외국어로 번역한다고 생각해 보면, 누구나 그 어려움과, 일종의 무모함까지도 경험할 수 있을 것이다.

기본적인 리듬과 율격 체계가 다른 언어로 쓰여진 시를 완벽하게 그 느낌 그대로 전달한다는 것은 어쩌면 불가능한 일인지도 모르겠다. 원어로

읽었을 때와 번역된 시를 읽었을 때 그 느낌이 자못 다르다는 것을 어쩔
수 없이 고백한다.

　리듬보다는 의미 위주로 번역되어 다소 시적인 맛이 상쇄되었지만, 그
래도 독자들이 이 시집을 통하여 러시아를 대표하는 주요 시인과 그들의
작품을 접할 수 있는 작은 기회가 됐음 하는 바람이다.

2000년, 유난히 지치는 여름 끝

서울에서 류필하